Les héros de ma classe

Catalogage avant publication de Bibliothèque et Archives nationales
du Québec et Bibliothèque et Archives Canada

Boisvert, Jocelyn, 1974-, auteur

Le mauvais karma de Rébecca / Jocelyn Boisvert ; illustrations, Philippe Germain.

(Les héros de ma classe ; 8)
Public cible : Pour enfants de 8 ans et plus.

ISBN 978-2-89591-345-0

I. Germain, Philippe, 1963-, illustrateur. II. Titre. III. Collection : Boisvert, Jocelyn, 1974-.
Héros de ma classe ; 8.

PS8553.O467M39 2018   jC843'.54   C2018-940713-1
PS9553.O467M39 2018

Tous droits réservés
Dépôts légaux : 3ᵉ trimestre 2018
Bibliothèque nationale du Québec
Bibliothèque nationale du Canada
ISBN 978-2-89591-345-0

Illustrations : Philippe Germain
Mise en pages : André Ferland
Révision et correction : Bla bla rédaction

© 2018 Les éditions FouLire inc.
4339, rue des Bécassines
Québec (Québec) G1G 1V5
CANADA
Téléphone : 418 628-4029
Sans frais depuis l'Amérique du Nord : 1 877 628-4029
Télécopie : 418 628-4801
info@foulire.com

Les éditions FouLire reconnaissent l'aide financière du gouvernement du Canada pour leurs
activités d'édition.

Elles remercient la Société de développement des entreprises culturelles
du Québec (SODEC) pour son aide à l'édition et à la promotion.

Elles remercient également le Conseil des arts du Canada de l'aide accordée à leur
programme de publication.

Gouvernement du Québec – Programme de crédit d'impôt pour l'édition de livres –
gestion SODEC

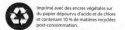

Imprimé avec des encres végétales sur
du papier dépourvu d'acide et de chlore
et contenant 10 % de matières recyclées
post-consommation.

IMPRIMÉ AU CANADA / PRINTED IN CANADA

Les Héros de ma classe

Jocelyn Boisvert

Le Mauvais Karma de Rébecca

Illustrateur : Philippe Germain

ÉDITIONS
FouLire

1

La séance de photos d'école a lieu aujourd'hui. C'est un moment important pour toi, Rébecca, car tu tiens mordicus à bien paraître. Après tout, c'est l'image de toi que tes camarades de classe conserveront pendant des années, pour ne pas dire toute leur vie.

Ce matin, tu te lèves tôt pour te faire une beauté. Tu brosses tes longs cheveux blonds durant 10 grosses minutes, puis tu expérimentes différentes coiffures. Laquelle te sied le mieux? Tu demandes l'avis de ta grande sœur, de ta mère, mais pas de ton père, car il te répondrait quelque chose comme: «Tu pourrais être couverte de boue que ce serait encore toi la plus belle. » Finalement, tu optes pour des jolies tresses.

Quant à ta tenue, ton choix est arrêté depuis plusieurs jours : une robe blanche à bretelles et un chandail bleu à manches longues assorti à des collants d'un bleu plus foncé.

Une fois habillée et bichonnée, tu te contemples dans le miroir, satisfaite.

– Tu es ravissante ! s'exclame ta mère. On pourrait te confondre avec une princesse de Disney.

Lorsque ton père te voit, il fait semblant de s'étouffer en croquant sa rôtie.

– Est-ce que ma fille se marie ? Tu t'en vas à un bal, ma chérie ? se moque-t-il gentiment.

Il te tend ensuite une page du journal pour que tu puisses lire ton horoscope, comme chaque matin. Tu ne crois pas vraiment à l'astrologie, mais tu trouves ce moment de lecture des plus divertissants.

Bélier :
Pauvre vous ! Il y a des jours où il vaudrait mieux rester couché. Votre karma[1] vous met à l'épreuve aujourd'hui. Les astres sont contre vous et s'amusent à vous mettre des bâtons dans les roues. À votre grand découragement, rien ne se passera comme prévu. La malchance vous colle à la peau. Vous devrez donc redoubler de vigilance si vous voulez sortir indemne de cette désastreuse journée.

Mais ne désespérez pas, de belles choses vous attendent dans les prochains jours !

---

1. Ton père utilise souvent ce mot. Il s'en sert pour parler des épreuves que l'on doit affronter dans la vie. Quand le sort s'acharne contre lui, il dit que c'est son karma.

Ton horoscope n'annonce pas toujours de bonnes nouvelles, mais elles ne sont jamais à ce point catastrophiques. À l'en croire, tu risques de passer la pire journée de ta vie!

Une boule d'angoisse se forme au creux de ton ventre. Même si tu prends ces prédictions farfelues avec un grain de sel, tu aurais préféré ne pas les connaître.

Les horoscopes, c'est bidon, te dis-tu pour te rassurer. Tout va bien aller.

Hélas, non. Tout ne va pas bien aller. (En tant que narrateur de ton histoire, je sais de quoi je parle, tu peux me faire confiance!)

Dans l'autobus qui te mène à l'école, il ne t'arrive rien. Preuve que les horoscopes n'ont pas toujours raison.

Mais... les ennuis commencent dès que tu descends du véhicule.

En courant pour retrouver ses amis, Jérémie te bouscule, pas bien fort, mais assez pour te faire tomber à plat ventre sur le sol.

Dans une flaque d'eau.

Sale.

Eh oui, la journée commence en force !

Comment gères-tu cette fâcheuse situation, ma chère Rébecca ?

A) Tu te précipites au secrétariat pour téléphoner à ta mère, au **2**.

B) Tu enlèves ta robe et tu passes le reste de la journée en collants. Euh... pas sûr que ton enseignante te laissera faire. Pas sûr non plus que tu veux qu'on se souvienne de toi comme la fille qui n'avait ni robe ni pantalon sur la photo de groupe. Mais si c'est vraiment ainsi que tu désires

procéder (après tout, il s'agit de ton aventure), tu peux te déshabiller au **3**.

C) Tu sèches les cours, au **4**, et tu entres dans une boutique de mode pour te procurer une robe de rechange.

D) Dans les toilettes des filles, tu fais sécher ta robe sous le sèche-mains, en espérant que les saletés disparaîtront comme par magie. La salle de bains se trouve au **5**, ma chère. Cours-y !

E) Tu engueules Jérémie comme du poisson pourri au **6**. À défaut de régler ton problème, cela te fera peut-être du bien.

2

Tu te diriges d'un pas furieux vers l'entrée de l'école. Quelques élèves arborent une mine amusée en te voyant. D'autres rient sous cape.

– Hé! Qu'est-ce qui s'est passé? T'as fait des *push-up* dans une flaque de bouette? se moque Xavier.

– Ha! ha! Tu t'es fait arroser par une moufette? renchérit Pierrot.

– C'est la photo de groupe aujourd'hui, Rébecca, souligne Tara avec un grand sourire.

Comme si tu ne le savais pas!

– C'est pas le temps d'être habillée comme la chienne à Jacques[2]! ajoute-t-elle.

Tu es presque au bord des larmes lorsque tu arrives au secrétariat.

(Je fais une parenthèse, si tu me le permets. Garde ton sang-froid, Rébecca, car tu n'es pas au bout de tes peines. Souviens-toi de ton horoscope!)

La secrétaire affiche un sourire désolé en voyant ta jolie robe abîmée. Bien entendu, elle te laisse appeler ta mère. Tu verses une larme ou deux en entendant sa voix au bout du fil.

– Il m'est arrivé une catastrophe, maman. Ma robe est sale et mouillée

---

2. Être habillé de manière affreuse. On suppose donc que la chienne à Jacques n'était pas réputée pour la qualité de sa garde-robe.

et la séance de photos a lieu à la première période. Il faut absolument que
tu m'apportes une autre robe! C'est
une question de vie ou de mort!

Bon, tu exagères un peu.

Elle te parle doucement pour t'inciter
à te calmer et te demande laquelle tu
désires porter.

A) Pour ta robe violette
à motifs de fleurs, va
au **7**.

B) Pour ta robe
rayée jaune et
rose, va au **8**.

3

Ha! ha!

Je sais que tu blagues, Rébecca, et que tu n'as pas la moindre envie de te balader en collants dans les corridors de l'école.

Un peu de sérieux, je t'en prie! Les photos d'école, c'est une fois par année, alors si tu souhaites que ça se passe bien, tu devras faire preuve de bon sens.

Allez, retourne au **1** pour choisir une option plus raisonnable.

4

La première période commence dans moins de 10 minutes. Tu crois que c'est le temps d'aller magasiner?

Et puis, avec quel argent comptes-tu acheter une nouvelle robe?

Si tu veux mon avis (et si tu ne le veux pas, je te le donne quand même), au lieu de sécher les cours, tu devrais faire sécher ta robe!

Et le seul séchoir à ta disposition se trouve dans les toilettes des filles, au **5**.

5

La porte des toilettes passée, tu t'empresses de retirer ta robe en espérant de tout cœur que personne n'entre. Puis, tu l'examines de près pour constater l'étendue des dégâts. C'est moins épouvantable que ce que tu craignais. Elle est tachée sur le devant, mais la saleté s'enlève facilement avec de l'eau. Ouf!

Tu passes ensuite le vêtement sous le sèche-mains. Une fois, deux fois, trois fois, plein de fois. Jusqu'à ce que ta robe soit assez sèche pour être portée sans trop de désagréments.

Enfin, tu te contemples dans le miroir. Elle est comme neuve, ou presque.

Quel soulagement!

Par contre, tu ne peux pas en dire autant de ta coiffure. La tresse que ta sœur t'a confectionnée s'est un peu défaite. Prends-tu le temps de la renouer? (Je te signale que la première cloche vient tout juste de sonner.)

A) Bien sûr! Tu ne vas quand même pas te faire tirer le portrait avec une tresse mal foutue. Recoiffe-toi au **53**.

B) Même si ta tresse n'est pas absolument parfaite, tu es tout de même jolie. Te peux donc te rendre au **69**.

6

Jérémie bavarde avec ses amis, un peu plus loin.

Aussitôt que tu le rejoins, tu exploses.

– Jérémie Trempe-Masson, tu pourrais faire attention, non ? Regarde dans quel état se trouve ma robe maintenant ! Une robe achetée exprès pour la photo d'école !

Jérémie échange un regard avec ses copains avant de pouffer de rire.

– Tu trouves ça drôle en plus ! ripostes-tu. C'est toi qui vas la nettoyer ? Tu vas m'en acheter une autre ? Je suis censée faire quoi, moi ?

Il hausse les épaules, l'air amusé.

– Pour la photo, tu n'as qu'à mettre ton linge d'éduc ! répond-il en riant de plus belle.

Argh ! Tu es sur le point de te transformer en Hulk tellement tu es fâchée. Et tu as bien envie de lui rendre la monnaie de sa pièce. De quelle façon ?

A) Tu attrapes la bouteille d'eau dans ton sac et tu la lui verses sur la tête. Tu ne seras pas la seule qui aura des vêtements détrempés. Arrose Jérémie au **50**.

B) Tu récupères tes ciseaux dans ton coffre à crayons, puis tu découpes ses vêtements. Il devra alors suivre son propre conseil débile et prendre la photo d'école vêtu de son linge d'éducation physique. Mets son chandail en lambeaux au **51**.

C) Nah! Tu ne fais rien de tout cela. À quoi bon t'acharner sur Jérémie? Ce n'est pas lui qui t'aidera à régler ton problème. Ta mère, par contre, trouvera certainement une solution. Appelle-la au **2**. (Bravo, Rébecca! Je suis fier de toi.)

D) Au lieu de t'en prendre à Jérémie, tu te rends à la salle de bains, au **5**, pour nettoyer ta robe et la faire sécher. (Bravo, Rébecca! Voilà une excellente initiative!)

7

Ta maman comprend l'urgence du problème. Cela lui prend seulement huit minutes pour se pointer au secrétariat avec ta précieuse robe violette.

– Merci! Merci! Merci! t'exclames-tu, pleine de reconnaissance.

– Mais qu'est-ce qui s'est passé, ma belle Becca? demande-t-elle en affichant un sourire intrigué à la vue de ta robe détrempée.

– Je te raconterai ce soir. Tu me sauves la vie! (Enfin, façon de parler.)

– Je dois tout de suite repartir, mon cœur, sinon je vais être en retard au boulot. Amuse-toi bien! te lance-t-elle après t'avoir asséné un bec sur le front.

Maintenant que la situation est maîtrisée, où te changes-tu?

A) Là où tu es, c'est-à-dire dans le hall d'entrée, en face du secrétariat. (T'es sûre, Rébecca? N'importe qui pourrait te voir.) Eh bien, si cela ne te gêne pas, tu peux le faire au **9**.

B) Dans les toilettes, au **10**. (Voilà qui me paraît plus raisonnable.)

C) Dans ton casier, au **11**. (Dans ton QUOI?)

D) Dans la salle des profs, au **12**. (Mais pourquoi irais-tu te changer là, Rébecca? Tu as perdu la tête ou quoi?)

8

Ta mère met un temps fou à t'apporter une autre robe.

Lorsqu'elle entre dans l'école, la deuxième cloche a déjà sonné depuis cinq minutes.

– Désolée, Rébecca. J'ai cherché ta robe rayée partout dans la maison, sans succès. Mais je t'ai apporté autre chose, confie-t-elle en brandissant ton affreux pantalon orange, que tu as porté une seule fois, à regret.

Tu manques de t'évanouir en le voyant. C'est bien le dernier morceau de ta garde-robe que tu aurais choisi pour la photo !

– Je dois m'en aller, ma chérie. Je suis déjà en retard au boulot. Passe une belle journée ! te lance-t-elle en repartant aussi vite qu'elle est arrivée.

Un pantalon orange avec un chandail bleu, à la rigueur ça peut aller en bord de mer l'été, mais pas à l'école. Tu n'as pas envie de ressembler à un coucher de soleil sur ta photo de classe !

Comment réagis-tu ?

A) Mal, mais que veux-tu ? Tu n'iras quand même pas au magasin t'acheter une nouvelle robe. Il est plus que temps que tu te rendes à ton local, au **40**, si tu souhaites apparaître sur la photo.

B) Très mal. Tu refuses d'être prise en photo dans un accoutrement aussi hideux. Pour ne pas aller en classe, rends-toi au **41**.

9

Quand la secrétaire comprend que tu t'apprêtes à enlever ta robe au beau milieu du corridor, elle intervient:

– Woh! s'écrie-t-elle en agitant la main. Tu pourrais te changer dans le vestiaire des filles, Rébecca.

Ce n'est pas une mauvaise idée, il faut bien l'avouer.

Dans le vestiaire, tu constates que l'agencement des couleurs n'est pas idéal – le violet jure un peu avec le bleu de ton chandail –, mais ça ira. Tu es assez jolie pour la photo.

Parlant de photo, il est grand temps que tu ailles en classe si tu ne veux pas la manquer. Va au **15** et prépare-toi à arborer ton plus beau sourire.

10

Tu te précipites dans les toilettes, où trois filles se tiennent devant la rangée de lavabos; une se lave les mains et deux examinent leur visage dans la glace.

Tu t'enfermes dans une cabine. Comme tu as besoin de tes deux mains pour retirer ta robe sale, tu cherches un endroit où déposer ton vêtement propre.

A) Tu le suspends sur la cloison qui sépare les cabines, au **13**.

B) Tu le coinces entre tes jambes, au **14**.

11

Attends un peu. Qu'est-ce que tu t'imagines? Te changer à l'intérieur de ton casier? Pour que personne ne te voie?

Mais c'est la pire idée que j'ai entendue depuis longtemps!

Rébecca, tu sais bien que ton casier n'est pas assez grand. Ce n'est pas une cabine d'essayage.

Je pense que tu devrais plutôt te changer aux toilettes, au **10**.

12

Tant qu'à faire, tu pourrais te dévêtir dans le bureau de la directrice !

Eh bien, non, tu ne vas pas dans la salle des profs pour changer de robe. (Je ne comprends même pas comment cette idée farfelue a pu te venir à l'esprit.)

Les toilettes ou les vestiaires du gymnase sont de bien meilleurs endroits où se changer. Et comme les toilettes, situées au **10**, sont plus près que les vestiaires, c'est là que tu te diriges.

13

Tu balances ta robe violette sur le dessus de la paroi.

– Hé! C'est quoi, ça? entends-tu, à ta grande stupéfaction.

Oups. En te penchant pour jeter un œil, tu remarques deux pieds dans la cabine de droite.

Tu reprends la robe pour la déposer sur la paroi de gauche, après avoir vérifié qu'il n'y avait personne. Puis, tu retires ta robe. Au moment où tu la passes au-dessus de ta tête, l'inimaginable se produit: ta robe de rechange glisse et tombe en partie par terre, en partie dans la cuvette.

Ca-tas-tro-phe!

Tu es sous le choc. Le ciel vient de s'effondrer sur ta tête.

L'effroi et l'effet de surprise passés, tu t'empresses de récupérer ta robe violette, dont le haut, complètement détrempé, dégouline sur le sol.

Pouah! Beurk! Ouache!

Ta gentille maman se donne la peine de t'apporter une robe propre et, toi, tu trouves le moyen de l'échapper dans la cuvette. Rébecca, je ne te dis pas bravo.

Tu sors en trombe de la cabine en te ruant vers un lavabo pour enlever l'eau de toilette (on ne parle pas de parfum ici!). Tu frottes la robe, désemparée, devant le regard amusé des filles. L'une d'entre elles devine la nature du drame survenu.

– J'espère que la fille qui avait utilisé la toilette avant toi avait tiré la chasse! lance-t-elle en riant.

Tu lui jettes un regard noir. Son commentaire ne te fait pas rire.

– Tu sais que l'eau de la cuvette n'est pas potable, hein? Il ne faut surtout pas la boire! ajoute sa copine en s'adressant à toi comme si tu étais un bébé.

Elles sont pénibles, celles-là.

Puis, comme si la situation n'était pas assez compliquée, la deuxième cloche sonne. Les filles se sauvent en quatrième vitesse.

Et toi, tu te demandes quelle robe revêtir : la violette qui a trempé dans la cuvette ou la blanche qui a baigné dans une flaque d'eau sale ? Quel dilemme immonde !

Tu dois te décider rapidement, car la séance de photos a lieu en ce moment.

Même si ça te dégoûte profondément, tu choisis la violette.

Tu la places sous le sèche-mains pendant une minute ou deux, mais elle est encore mouillée lorsque tu l'enfiles.

Sacré karma ! soupires-tu, avant de filer en classe, au **58**.

14

Tu places la robe propre entre tes cuisses bien serrées, puis tu retires la robe abîmée. Au moment où tu la passes au-dessus de ta tête, la robe entre tes jambes glisse et se ramasse au sol.

Beurk! Les planchers de toilettes publiques sont rarement réputés pour leur propreté.

Tu reprends vite ton vêtement, en priant pour qu'il ne soit pas contaminé par des microbes répugnants.

Un peu de poussière, sans plus. Rien d'alarmant.

Tu enfiles ta belle robe et tu sors de la cabine pour voir le résultat. Le miroir te renvoie une image flatteuse de ta personne, à ton grand bonheur.

Tu peux donc aller te faire prendre en photo, au **15**.

15

Madame Anne est en train de fermer la porte lorsque tu poses le pied dans la classe.

Tu cours t'asseoir à ta place, en tentant d'oublier ce malencontreux début de journée.

– Je sais que vous êtes fébriles à l'idée de vous faire tirer le portrait, souligne ton enseignante, qui est tout en beauté aujourd'hui.

– Ça veut dire quoi, tirer le portrait? demande Jérémie avec une légère inquiétude. Que quelqu'un va nous tirer dessus?

– Bien sûr que non! Ça vient de l'expression «tirer quelqu'un» qui, il y a longtemps, signifiait faire son portrait. Mais ce que je veux vous dire, c'est qu'il y a un changement à l'horaire. Pour des raisons que j'ignore, la photographe se trouve dans l'impossibilité de venir à l'école cet avant-midi, comme prévu. Elle viendra en après-midi. Notre groupe se fera photographier à la dernière période.

Mauvaise nouvelle! Tu devras donc rester belle toute la journée. Et en songeant aux innombrables malheurs annoncés par ton horoscope, tu sens poindre une certaine inquiétude. (À juste titre, si tu veux mon avis. À ta place, je serais angoissé, moi aussi!)

La séance de photos est remplacée par un cours de mathématique.

Ce n'est pas ta matière préférée, mais tout va bien. Tu es en sécurité et rien de grave ne peut t'arriver.

Et pourtant, tu saignes… du nez !

Un phénomène qui se produit parfois quand tu es stressée.

Tu t'en rends compte en apercevant, à ta grande surprise, des taches rouges sur ton cahier d'exercices.

– Rébecca, tu pisses le sang ! s'écrie Camille, qui panique à la vue d'une goutte de sang.

Mais toi, tu verses plus qu'une goutte. Ça coule maintenant comme un robinet. Ton nez est un volcan en éruption et tu n'as plus de mouchoirs en papier dans ton pupitre !

Oh non! Il y a du sang sur la manche de ton chandail!

Que fais-tu? Tu ne prendras quand même pas la photo avec des vêtements ensanglantés. C'est censé être un beau souvenir, pas un film d'horreur!

A) Au **16**, tu presses tes narines pour freiner l'hémorragie.

B) Au **17**, tu te rues vers la boîte de mouchoirs qui se trouve sur le bureau de l'enseignante.

C) Au **18**, tu utilises ta manche souillée en guise de papier-mouchoir pour éviter de salir davantage tes cahiers et ton pupitre.

D) Au **19**, tu t'ébroues comme un chien mouillé, arrosant de gouttelettes de sang tes voisins (notamment

Camille, qui est sur le point de tourner de l'œil).

16

Tu serres fort, car il est hors de question qu'une autre goutte de sang s'extirpe de ton corps. Tes narines sont si compressées que tu crains qu'elles restent collées à jamais.

Camille, à côté de toi, est blanche comme un drap. Elle détourne la tête pour ne pas tomber dans les pommes. Tu connais sa phobie du sang et tu es désolée de lui faire subir cette torture.

À présent que la situation est maîtrisée, tu constates l'étendue des ravages. Ce n'est pas si pire. Quelques gouttes échouées sur ton manuel de mathématique. Rien de dramatique.

Quant à ta robe, Dieu soit loué ! elle semble intacte. Seule ta manche droite est maculée de sang. Pour la photo, tu n'auras qu'à retrousser tes manches.

Ouf ! Plus de peur que de mal !

– Ça va, Rébecca ? demande l'enseignante en te voyant te boucher le nez comme si un camarade avait lâché un pet particulièrement nauséabond.

– Je saigne du nez. Sans raison. Cela m'arrive parfois, réponds-tu.

Est-ce vraiment sans raison ? Ou bien est-ce la malédiction que ton diabolique horoscope t'a lancée, ce matin ?

– Ce ne sera pas pratique de travailler avec une seule main, remarque madame Anne. Tu veux que je te prête une épingle ?

Est-ce une blague ? Probablement pas, car ce n'est pas son genre de faire des blagues dans des situations critiques.

A) Tu acceptes donc son offre, au **20**.

B) Tu préfères lui emprunter deux ou trois mouchoirs en papier, au **21**.

(Personne n'a l'air sain d'esprit avec une épingle sur le nez.)

17

Tu te précipites vers le bureau de l'enseignante et, sans même demander la permission, tu mets la main sur la boîte de mouchoirs. Surprise! Il n'en reste plus. Pourquoi la garder si elle est vide? C'est insensé!

En plus, tu as laissé ton nez couler librement en te déplaçant jusqu'au bureau de la prof. Tu aurais dû au moins le pincer pour limiter les dégâts. Résultat: tu as mis du sang partout, sur le plancher, sur ton chandail, sur ta robe et même sur tes souliers!

Tu fais peur à voir, Rébecca.

L'enseignante te regarde avec de grands yeux terrorisés. Puis, elle sort une nouvelle boîte du tiroir de son bureau. Tu pioches quatre ou cinq mouchoirs pour arrêter le saignement. Ensuite, la bonne et dévouée madame Anne t'accompagne à la salle de bains, où elle essuie doucement les traces de sang sur ton visage.

– Voilà la Rébecca que je connais ! s'exclame-t-elle une fois le nettoyage terminé.

Par contre, ta robe est fichue.

– Tu as d'autres vêtements à te mettre sur le dos ? s'informe-t-elle.

– J'ai une autre robe, mais elle est sale aussi.

– Elle ne peut pas être pire que celle-là! souligne-t-elle.

Ta prof retrouve ses élèves pendant que tu enfiles la robe blanche, qui n'est plus aussi blanche et qui est encore un peu humide. À la récréation ou à l'heure du midi, tu pourras essayer de la nettoyer. Quant au chandail bleu, tu le remplaces par ton t-shirt jaune d'éducation physique.

Tu te regardes dans la glace. Bon, c'est loin d'être la tenue dont tu rêvais pour la photo, mais ce n'est pas catastrophique non plus.

Tu en veux personnellement à ton nez d'avoir fait des siennes comme ça. Tu as presque envie de l'engueuler!

Ton horoscope avait vu juste. Tous les malheurs imaginables te tombent dessus aujourd'hui. La journée commence à peine et tu as déjà abîmé deux robes. Si ça se trouve, c'est un record !

Tu connais le dicton *Jamais deux sans trois*, mais tu préfères ne pas y penser !

Regagne ta classe, au **46**.

18

Hein ? Tu t'essuierais avec le chandail bleu ciel que tu as choisi pour la photo d'école ? Mais tu débloques complètement, ma chère !

Tu ne feras rien de tel, Rébecca. D'abord, tu vas garder ton calme. Ensuite, tu vas te pincer le nez pour arrêter le saignement. Puis, tu vas te rendre gentiment au **16**, sans paniquer.

19

Mais pourquoi ferais-tu une chose pareille? Tu as envie que la classe ressemble à une scène de crime?

Non, Rébecca, tu ne secoues pas ta tête de tous les côtés. Au contraire, tu restes bien sage et tu te pinces le nez. Lorsque ce sera fait, tu iras au **16**.

Merci.

20

Toi qui désirais être belle comme une princesse de Disney, te voilà en classe avec une épingle à linge sur le nez. C'est ridicule !

Tes camarades t'observent avec un (beaucoup trop grand) sourire.

Quelle journée ! Tu as hâte qu'elle se termine. Ton horoscope avait raison. Les astres sont contre toi aujourd'hui.

Le reste de la période se déroule sans encombre, jusqu'à ce qu'une mouche se pose sur ton pupitre. Tu ne saurais dire pourquoi, mais sur le coup, tu considères cette mouche comme un mauvais présage.

Comment réagis-tu?

A) Tu l'écrases du plat de la main. Enfin, tu essaies, au **22**.

B) Tu la laisses tranquille. Elle ne t'a rien fait, après tout. Et elle a le droit de vivre sa vie de mouche. Alors, ignore-la, au **23**.

21

Tu enfonces un bout de mouchoir tortillonné dans chacune de tes narines. Tu dois être belle comme tout avec ces bouts de mouchoir ensanglantés dans le nez. La classe !

L'important, c'est d'être la plus belle au moment de la photo. Peu importe si tu as l'air folle le reste du temps.

Cinq minutes plus tard, c'est réglé, le saignement a arrêté. Ouf !

Tu tentes de garder un minimum de bonne humeur, mais avec tout ce qui t'arrive, c'est difficile. « Les astres sont contre vous et s'amusent à vous

mettre des bâtons dans les roues »,
disait ton horoscope.

Heureusement, le reste de la première
période se déroule sans anicroche.

C'est à la deuxième que les « astres »
commencent à faire des leurs.

Je sais bien que tu n'en as pas envie,
Rébecca, mais tu n'as pas le choix
d'aller au **59**. Bonne chance! (Je suis
de tout cœur avec toi.)

22

Cette mouche te paraît un peu endormie. Tu es certaine de la choper du premier coup.

Schlack! Tu tapes de toutes tes forces (bien inutilement, car on n'a pas besoin de taper très fort pour écraser un pauvre insecte sans défense).

Raté. La mouche a vu le danger arriver de loin et s'est envolée, sans se presser.

Tout ce que tu as réussi, c'est à faire sursauter tes voisins.

– Ça va, Rébecca? Tu es fâchée? intervient madame Anne, l'air perplexe.

– Non, non, dis-tu en souriant, une épingle grotesque sur le bout du nez. J'essayais juste d'écraser une mouche.

Tara réagit aussitôt.

– Hé! On ne tue pas les êtres vivants! Tu aimerais ça qu'un géant t'aplatisse du plat de son énorme main, toi? réplique-t-elle, offusquée. Elle est inoffensive, cette mouche. Elle ne pique même pas!

Tu sais bien qu'elle a raison, mais dans ton esprit, cette mouche représente un danger.

– Laissons cette mouche tranquille et concentrons-nous sur notre problème de mathématique, enchaîne aussitôt l'enseignante.

Tu voudrais bien, mais la bibitte volante refait son apparition, virevoltant joyeusement sous ton nez. On dirait qu'elle se paie ta tête. En tout cas, elle ne se gêne pas pour se poser dessus. Elle choisit ta joue droite comme piste d'atterrissage.

Quel culot!

Ta main décolle comme une fusée et te gifle la figure, ratant encore une fois la cible.

Aïe!

Une fille avec une épingle sur le nez qui s'administre une claque, on ne voit pas ça tous les jours. Alors, bien entendu, les rires fusent dans la classe.

Tu aimerais rire, toi aussi, mais tu trouves ça plus humiliant que drôle.

En vérité, tu as envie de fondre en sanglots. Au point où tu en es, pleurer te fera peut-être du bien.

A) Si tu penses que oui, laisse-toi aller au **24**.

B) Si tu penses que non, retiens tes larmes au **25**.

23

Tu veux l'ignorer, la mouche, mais c'est difficile, car elle tourbillonne autour de ton visage. Tu as l'étrange impression qu'elle se paie ta tête.

De plus en plus impatiente, tu agites la main pour qu'elle aille voir ailleurs si tu y es. Elle s'éloigne, mais revient aussitôt à la charge.

Tu n'as jamais rencontré de mouche aussi achalante.

Elle finira bien par se lasser, penses-tu en tentant de conserver ton calme. Mais non, elle ne se lasse pas. Elle se pose sur ton avant-bras, sur ton front, elle bourdonne près de ton oreille et fonce même dans ton œil gauche.

Franchement, elle exagère !

Tu essaies de la happer en plein vol. Tape ! tape ! tape !

– Euh... ça va, Rébecca ? On peut savoir qui tu applaudis comme ça ? t'interroge madame Anne, un brin amusée.

– Personne. C'est seulement une mouche qui m'énerve.

Ton enseignante s'arme d'un tue-mouches avant de s'approcher de ton bureau.

– Elle est où ? demande-t-elle, aux aguets.

– Vous n'allez pas l'écraser, hein ? proteste Tara, l'amie des grosses et des petites bestioles.

La mouche passe devant Mathieu, qui tente de l'attraper au vol avec sa main. Mirabelle essaie de l'assommer à l'aide de son cahier. Pierrot veut la mettre K.-O. en la frappant comme un boxeur. Bientôt, c'est toute la classe qui s'active pour exterminer l'intruse.

– Mais vous êtes tous tombés sur la tête ! Elle ne vous a rien fait, cette mouche ! s'insurge Tara.

Après une courte halte au plafond, là où aucun d'entre vous n'est capable de l'atteindre, la mouche recommence son manège. Damien se promène dans les rangées pour être celui qui attrapera la petite bête, comme s'il s'agissait d'une compétition. Il utilise sa règle en plastique en guise de tue-mouches. Malheureusement pour toi, car à défaut de toucher la mouche, la règle se loge dans ton œil droit.

Bien sûr, il fallait se douter qu'un accident allait se produire.

Aïe! Tu poses une main sur ton œil blessé en sautillant de douleur. Tu te vois avec un œil de pirate et une épingle sur le nez. C'est un cauchemar!

– Oups! s'écrie Damien, navré.

Tu pries pour que ton œil ne soit pas crevé.

L'enseignante te conduit à l'infirmerie, où elle applique une compresse d'eau froide sur la blessure. L'œil n'est pas crevé, mais la cornée a sans doute été éraflée.

– Oh là là là là! T'es pas chanceuse, Rébecca! s'exclame madame Anne, désolée.

– Mon horoscope me l'avait prédit. J'aurais dû suivre ses conseils et demeurer couchée.

Tu restes un moment en compagnie de la secrétaire pendant que madame Anne retourne en classe.

La douleur finit par s'atténuer. Tu retires la compresse et tu ouvres courageusement ton œil meurtri. Tu vois. Fiou!

Mais tu vois surtout que ton œil est rouge. Misère! Ça va être beau sur la photo!

Cette journée ô combien éprouvante se poursuit au **46**, ma chère Rébecca.

24

Tu baisses la tête pour dissimuler les larmes qui roulent sur tes joues. Quelle journée pourrie!

– Tu pleures, Rébecca? te demande Kim à voix basse.

– Non, non, bredouilles-tu, mal à l'aise. Je bâillais. Les larmes ont tendance à couler quand je bâille trop fort.

Madame Anne te regarde en posant l'index sur sa bouche pour obtenir le silence.

Comme ta voisine n'a pas l'air très convaincue, tu simules un bâillement géant. Et c'est à ce moment-là que la mouche récalcitrante contre-attaque. Cette fois, elle n'a pas froid aux yeux, elle entre carrément dans ta bouche !

Tu te lèves, paniquée. C'est la première fois qu'une bestiole se faufile dans ton corps, et tu ne raffoles pas de la sensation.

Comment réagis-tu ?

A) Tu la manges. Comme ça, elle sera digérée et elle ne t'embêtera plus. Avale-la au **34**.

B) Tu hurles. Dans l'affolement, c'est le mieux que tu trouves à faire. Dérange tes camarades au **37**.

C) Tu la captures avec ta langue et tu la recraches aussitôt. Expulse-la au **38**... si tu en es capable !

25

C'est normal que tes camarades rigolent. Il ne faut pas t'en offusquer.
À leur place, tu en ferais autant.

Aujourd'hui, tu désirais être belle et
admirée. Tu espérais recevoir tout
plein de compliments sur ton apparence, pas devenir la risée de tes
camarades de classe!

Tu finis par enlever l'épingle. La situation s'est stabilisée, ton nez a arrêté
de saigner. Il était temps!

À la fin de la première période, tu te dis
que la journée va forcément aller en
s'améliorant. Il y a bien des limites à la

quantité d'ennuis que peut connaître une même personne, non?

Je crains que non, ma chère. Tu pourras le constater toi-même en te rendant au **45**.

26

Tu adores le caramel fondant, mais ta conscience te dicte de faire attention. Contrairement à certains de tes camarades, il te reste encore des dents de lait, dont une incisive supérieure qui branle depuis quelques jours. Ce serait bête de croquer dans le caramel et de perdre une dent, n'est-ce pas? Ce serait même carrément dramatique. Tu peux perdre tes dents de bébé n'importe quand, mais pas maintenant!

Par prudence, tu mâches le cube de caramel qui t'est offert avec tes molaires. (Et je pense que c'est une excellente idée. Je n'ose pas imaginer ce qui serait arrivé si tu avais croqué dans la pomme. Hiiiii…)

La récréation terminée, tu retournes en classe. Et c'est là que ça se gâte. Dès que tu franchis la porte, tu reçois un coup au visage. Aïe!

Encore une fois, c'est Jérémie, le responsable. En mimant une scène d'un film d'action, le bougre t'assène un solide coup de coude dans le front. Et même s'il n'a pas fait exprès, cela te met en rage. Tu te jettes donc sur lui, au **47**. (Non, Rébecca, ne fais pas ça! Ce n'est jamais une bonne idée de se laisser gouverner par la colère.)

27

Tu adores le chocolat, et comme tu n'en as qu'un morceau, tu prends le temps de le déguster, une mini-bouchée à la fois. Miam! C'est tellement délicieux que tu en oublies presque les malheurs qui te sont tombés dessus depuis que tu as quitté la maison.

– Kim, tu es sûre que tu n'en as pas un autre? C'est trop bon dans la bouche, trop bon dans le bedon! t'exclames-tu en te frottant le ventre.

Ève te regarde d'un drôle d'air.

– Quoi? Quoi? demandes-tu, sans comprendre.

Ton amie baisse les yeux. Suivant son regard, tu remarques une énorme trace noire sur ta robe violette. Tu examines ensuite tes doigts. Quatre d'entre eux sont beurrés de chocolat fondant.

Non, non, non! Ce n'est pas vrai! Le cauchemar continue.

Comment t'y prendras-tu pour enlever les délicieuses taches chocolatées sur ta robe?

A) En te dépêchant d'aller à la salle de bains, au **63**.

B) En demandant à tes amies de lécher ta robe jusqu'à ce qu'il ne reste plus la moindre particule de chocolat. Vraiment, Rébecca? Je trouve cette idée douteuse, mais si tu crois que ça peut régler ton problème, fais un bond au **64**.

C) En exécutant un tour de magie spectaculaire, rien de moins. Es-tu magicienne, Rébecca? Si c'est le cas, va au **65**. Sinon, je te conseille de choisir une autre option.

28

Tu essuies ta pomme sur le devant de ta robe, puis tu croques dedans à belles dents. Justement, parlant de dents, tu aperçois une de tes incisives plantée dans la chair du fruit.

Eh oui, hélas, il te reste encore des dents de lait, et c'est celle qui branle depuis la semaine dernière qui s'est détachée.

Oh! mon Dieu! C'est une tragédie!

Tes amies éclatent de rire. Pas toi.

Tu avais brossé tes dents vraiment super longtemps avec de la pâte dentifrice ultra-blanchissante pour être sûre d'avoir un sourire ultra-étincelant.

Et puis, quand on sourit, ce sont les incisives qu'on voit en premier. Sur la photo, tu auras l'air d'une démone qui vient de se bagarrer. Tu voulais ressembler à une princesse, pas à une boxeuse !

Encore un pépin ! (Un pépin de pomme, je dirais, puisque ce n'est pas toi qui as avalé la pomme, mais la pomme qui a avalé ta dent.)

À vrai dire, tu ne t'imagines pas prendre la pose sans sourire, et encore moins la prendre avec un trou gigantesque dans ta dentition. Dans ce cas, ma chère Rébecca, quelle solution proposes-tu ?

A) Au lieu de retourner en classe après la récréation, tu files chez ton dentiste, au **29**.

B) Tu essaies de replacer ta dent à sa place, en songeant sérieusement à utiliser de la colle. (Euh… je te le déconseille vivement, Rébecca. À moins que tu sois en réalité un robot, verser un produit toxique comme la colle dans ta bouche peut grandement nuire à ta santé.) Si tu me promets de ne pas utiliser de colle, je te permets d'aller au **30**.

C) Tu tailles une fausse dent dans un morceau de styromousse, au **31**.

D) Tu n'entrevois pas d'autre solution que de sourire à la Mona Lisa, c'est-à-dire sans ouvrir la bouche. Pour ce choix qui me paraît raisonnable, va au **32**.

29

Tu sais, Rébecca, on ne fait pas toujours ce qu'on veut dans la vie. Par exemple, tu ne peux pas quitter l'établissement scolaire pour aller où bon te semble, que ce soit chez ton dentiste, au parc ou au restaurant.

Eh oui, tu es obligée de rester à l'école. Ce qui est une bonne chose, car elle est remplie de personnes qui ont à cœur ton bien-être et qui sont prêtes à t'aider, quoi qu'il t'arrive.

Ne t'en fais pas pour ta dent. Elle repoussera. (Mais tu es aussi bien de t'habituer, car ça risque de prendre un moment!)

Tu n'auras qu'à sourire la bouche fermée. Entre toi et moi, c'est loin d'être dramatique.

Allez, continue ta journée au **32**.

30

Tout d'abord, tu veux voir de quoi tu as l'air.

En te rendant à la salle de bains, tu croises monsieur Stanley.

– Pourquoi tu ne restes pas dehors ? Il fait si beau !

Tu lui montres ta dent.

– C'est quoi, ça ? Une pierre précieuse ?

– Une incisive, monsieur.

Il semble soudainement inquiet.

– Tu es tombée ? Un élève t'a frappée ?

– Non. J'ai croqué une pomme.

– Eh bien, j'espère que tu n'as pas une dent contre elle ! rétorque-t-il en éclatant de rire.

Le moins que l'on puisse dire, c'est que l'humour du surveillant ne fait pas l'unanimité. Certains élèves le trouvent drôle. Ce n'est pas ton cas.

Dans la salle de bains, tu es en mesure de constater l'ampleur du désastre. La dent tombée a créé un trou immense. Quand tu souris, tu as l'air d'une fille un peu niaise qui vient de se casser la margoulette à bicyclette. Tu ressembles à un personnage comique de second plan dans un film d'animation de Disney, et non à l'héroïne principale.

Il reste encore quatre heures avant la venue de la photographe. Ta nouvelle dent n'aura sûrement pas le temps de repousser d'ici là !

Tu remets ton incisive dans ta bouche. Si tu serres bien les dents, elle tient en place. Voilà qui devrait faire l'affaire.

En attendant de passer devant l'objectif, tu ranges ta dent dans une petite poche sur le côté de ta robe.

Puis, comme la récréation est presque terminée, tu te rends en classe, au **32**.

31

Un bricolage à base de styromousse traîne depuis des lunes dans ton casier. Tu comptes en découper une partie pour te fabriquer une belle dent neuve.

Sans dévoiler ton plan à tes amies, tu te diriges vers la porte des élèves, près de laquelle se trouve monsieur Stanley, le surveillant.

– Pourquoi tu ne restes pas dehors? Il fait si beau, dit-il en te barrant le passage.

Après avoir exhibé ta dentition, tu lui montres ton incisive qui repose dans le creux de ta main.

– Tu perds tes dents comme mon pépé! commente-t-il avant de te laisser passer.

Tu récupères ensuite ton bricolage dans ton casier. Tu en arraches un bout que tu sculptes avec les doigts jusqu'à lui donner la forme d'une dent.

Pour la dernière étape, il te faut un miroir. Tu te rends donc à la salle de bains et tu poses ta fausse dent, friable et légère.

Une fois qu'elle est en place, tu y vas de ton plus grand sourire.

Ouache!

Ce morceau de styromousse ne convient pas du tout. Cela te fait une dent granuleuse et beaucoup trop blanche. On dirait que tu as un reste de patate pilée ou un fragment de champignon coincé entre les dents!

C'est absolument horrible.

Tu n'auras qu'à sourire la bouche fermée, c'est tout.

Les quelques essais que tu effectues devant la glace se révèlent plutôt concluants. Te voilà soulagée. (Mais oui, Rébecca! Tu es très jolie. Arrête de t'inquiéter. Ta vie ne dépend pas de cette photo. Même si elle n'était pas tout à fait à ton goût, tu n'en mourrais pas!)

La récréation étant terminée, tu te diriges vers la classe, au **32**.

32

En marchant dans le corridor, tu pries pour qu'il ne t'arrive plus rien pendant le reste de la journée.

Tu aurais peut-être dû prier davantage, car dès que tu poses le pied dans la classe, tu reçois un coup de coude dans le front. Bang!

Jérémie et Xavier profitent de l'absence de l'enseignante pour faire semblant de se bagarrer. Ils ne s'échangent pas de vrais coups de poing, mais lorsque Jérémie recule le bras pour se donner un élan, c'est un vrai coup de coude que tu reçois. Et un solide à part de ça!

C'est la deuxième fois qu'il s'en prend à toi aujourd'hui. À se demander s'il ne t'en veut pas personnellement !

Lui tires-tu les cheveux pour prendre ta revanche sur lui ?

A) Pourquoi pas ? Après tout, c'est sa faute si ta robe blanche est abîmée. Jette-toi sur lui au **47**. (Tu sais bien que les bagarres sont sanctionnées à l'école des Quatre-Saisons. Tu pourrais être suspendue. Si j'étais toi, j'essaierais de retrouver mon calme au lieu de laisser exploser ma colère.)

B) Tu as assez mal comme ça. Ce n'est pas le moment de te battre. Et puis, de toute évidence, il ne l'a pas fait exprès. Repose-toi au **48**.

33

Tu t'avances vers l'enseignant d'un pas hésitant.

– Monsieur, je préférerais ne pas jouer, si c'est possible, lui dis-tu en prenant un air piteux.

– Tu es obligée de jouer, Rébecca, même si tu n'aimes pas le hockey.

– Non, ce n'est pas ça, j'adore le hockey (premier mensonge). C'est juste que je ne me sens pas bien (deuxième mensonge).

– Aujourd'hui, le hockey te donne la nausée, c'est ça ?

Comme il ne te prend pas au sérieux, tu en rajoutes :

– Ma sœur a eu la gastro en début de semaine (troisième mensonge)... et je me demande si je ne l'ai pas attrapée.

(Vraiment ? Tu as osé prononcer ce mot qui fait trembler tout le personnel enseignant !)

Monsieur Laforce semble préoccupé tout à coup. Après réflexion, il te conduit au bureau de la directrice pour lui exposer la situation.

Tu es prise à ton propre piège, ma chère Rébecca !

– Tes parents sont à la maison ? s'informe madame Bossé, tout en gardant ses distances.

– Euh… non.

Elle décide alors d'appeler ton père à son travail. À lui aussi le mot *gastro* fait son petit effet. (Heureusement, elle ne parle pas de ta grande sœur qui aurait eu la gastro. Ouf! Mensonge non découvert.)

Ton père demande donc à votre voisine à la retraite, qui est une bonne amie de la famille, de venir te chercher.

– Mais c'est inutile, je sens que ça va déjà mieux, précises-tu, désemparée à l'idée de rater les photos.

– Ne courons pas le risque! rétorque la directrice.

Et voilà qu'en moins de 20 minutes, tu te retrouves chez toi, avec rien à faire, pendant que tes camarades de classe jouent au hockey. Une heure plus tard, tu te mords les doigts en les imaginant arborer leur plus beau sourire pour la photo de groupe.

Tu ne peux que t'en prendre à toi, Rébecca. Ce n'est pas un fâcheux contretemps qui t'a fait manquer la photo, ce sont tes mensonges. Tu as eu tellement peur qu'il t'arrive un malheur que tu as provoqué ta propre perte.

Je pense que tu aurais pu jouer au hockey sans craindre de te blesser, et même y trouver un certain plaisir. Ces photos d'école ont pris une importance démesurée, ne crois-tu pas?

Cela dit, j'ai une bonne nouvelle pour toi, Rébecca. La fameuse séance de photos n'a finalement pas eu lieu. Elle est remise à la semaine prochaine. Pourquoi ? Parce que la photographe a attrapé un méchant virus, celui de la gastro. Plutôt comique, non ?

Mais cette photo, il y a un moyen de la prendre aujourd'hui. Tu sens-tu capable d'affronter de nouveau cette accablante journée ? Si oui, retourne au **1**.

34

Depuis quand manges-tu les insectes, Rébecca? Tu n'es pas un lézard!

Ton idée est dégoûtante, si tu veux mon avis. Imagine que la mouche demeure vivante et continue de bourdonner dans ton estomac. J'en ai la chair de poule rien qu'à y penser.

Essaie plutôt de la recracher, cette mouche un peu trop téméraire.

La manœuvre d'expulsion a lieu au **38**.

35

Tu dînes dans le local du service de garde avec Kim et Ève.

Ces malheurs en série t'ont sérieusement creusé l'appétit. Tu es affamée !

Tu ouvres ton sac à lunch, curieuse de voir ce que ton père t'a préparé. Un sous-marin jambon fromage, un sachet de morceaux de carotte et de céleri, du jus de raisin en boîte et des fraises surdimensionnées.

Par quoi commences-tu ?

A) Tu croques dans une carotte, au **60**. (Bonne idée !)

B) Tu mords dans ton sandwich, au **61**. (Très bonne idée!)

C) Tu goûtes une fraise, au **62**. (Moins bonne idée! Comme il s'agit de ton dessert, tu devrais manger les fruits en dernier, non?)

36

La troisième période de la journée est consacrée à l'éducation physique. Ce qui ne te fait pas plaisir du tout. D'autant plus que monsieur Laforce, votre prof, a préparé le gymnase pour une longue partie de hockey. Presque tous les gars crient «Youpi!» et quasiment toutes les filles font la moue. Toi plus que les autres. Ta superbe coiffure a tenu le coup jusqu'ici, mais elle ne survivra peut-être pas à une partie de hockey.

Sans parler des risques de blessures. Ton visage est déjà en mauvais état, tu ne voudrais surtout pas recevoir une balle ou un coup de bâton dans le front!

Je te donne deux choix:

A) Tu dis au prof que tu ne peux pas jouer au hockey (mais pour ça, il faut que tu trouves une bonne raison!). Essaie d'obtenir une permission spéciale au **33**.

B) Tu participes, mais modérément, en faisant ex-trê-me-ment attention de ne pas te blesser, voire de ne pas te décoiffer. Même si tes coéquipiers vont rechigner, prends un bâton, au **52**.

37

Si un insecte pénètre dans ta bouche, tu paniques et tu cries. Très fort.

– AHHHH !

Tous les élèves se tournent vers toi. Comme tu expulses une bonne quantité d'air, la mouche en profite pour prendre le large et explorer d'autres territoires inconnus. À leur grande stupéfaction, tes camarades voient une mouche sortir de ta bouche.

Cet événement exceptionnel crée l'hystérie. Toute la classe se met à parler en même temps. Certains se lèvent, comme si le cours était terminé.

Comprenant qu'elle a perdu le contrôle de ses élèves, madame Anne commence à dessiner au tableau, ce qui réussit ainsi à capter votre attention. Tu vois apparaître une grosse mouche qui sort de la bouche d'une fille qui te ressemble étrangement. L'œuvre suscite l'admiration de plusieurs qui ne connaissaient pas les talents de dessinatrice de leur enseignante.

S'ensuit une discussion de groupe animée sur cette mouche que tu as failli avaler. Tu as désormais une fantastique anecdote à raconter. Cette bestiole un peu trop aventureuse, Rébecca, tu devrais la remercier !

La cloche met fin à votre amusante conversation.

Maintenant, profite de la récréation au **45**.

38

La mouche se promène librement dans ta bouche. Ouache!

Avec ta langue, tu réussis à l'immobiliser contre ton palais. Tu la sens remuer sur le bout de ta langue. Double ouache!

Puis, comme si c'était une boule de gomme, tu la traînes vers tes lèvres et, avec force, tu la craches par terre. Ploc!

Elle ne bouge plus. Elle a dû faire un arrêt cardiaque ou quelque chose du genre. Comment savoir? Tu n'es pas un médecin d'insectes.

Ce que tu ne sais pas non plus, c'est que pendant que tu observes la mouche, tu es toi aussi observée.

– Rébecca, est-ce que je me trompe ou tu viens de cracher dans la classe ? demande madame Anne d'un air contrarié.

– J'avais une mouche dans la bouche, madame ! réponds-tu.

Pour le lui prouver, tu te penches pour ramasser le minuscule cadavre, mais celui-ci a disparu. C'est signe que la mouche a survécu. Ce qui te fait quand même plaisir, car tu te sentais un peu mal à l'idée d'avoir assassiné cette pauvre bestiole, aussi achalante soit-elle.

– Il est interdit de cracher dans l'école, te rappelle madame Anne en soupirant. Alors, si jamais une mouche, une abeille ou une guêpe entre dans ta bouche, tu la manges. C'est très nourrissant, paraît-il. Bon, je peux continuer, maintenant?

De toute évidence, elle ne t'a pas crue.

Quand la cloche met un terme à ce cours interminable, tu files dehors au **45**.

39

Ha! ha! ha!

Tu devrais voir ta face, Rébecca!

Je t'ai fait une blague, c'était plus fort que moi.

Évidemment qu'il n'y a pas de tremblement de terre. Eh non, l'école n'est pas atteinte de Parkinson. Tout est calme dans le local et ton lunch est tout simplement succulent.

Tu es prête pour la première période de l'après-midi? Si oui, rends-toi au **36**.

40

Avant tout, tu t'arrêtes à la salle de bains pour enfiler ton horrible pantalon orange, mais une fois sur place, tu changes d'idée. À bien y penser, tu préfères une robe sale à un pantalon moche. Tu jettes donc ce pantalon de bouffon à la poubelle. Bon débarras!

Ensuite, tu retires ta robe pour la nettoyer sous l'eau du robinet. À ta grande surprise et pour ta plus grande joie, les taches disparaissent quand tu frottes le tissu. Hourra!

Deux ou trois minutes sous le sèche-mains et le tour est joué. Tu remets ta robe redevenue parfaitement blanche, ou presque.

Tu t'en tires bien, finalement.

Sans perdre une seconde de plus, tu regagnes ta classe.

À ton arrivée, tu échanges quelques mots avec madame Anne pour lui expliquer ton retard. Elle t'apprend alors que la séance de photos prévue ce matin a été déplacée à la dernière période.

Dommage ! Toi qui avais réussi à régler ton problème.

Tu pries pour qu'il n'y ait pas d'autres catastrophes et que ton horoscope se soit trompé.

Quelques instants plus tard, pendant que tu travailles dans ton cahier de math, une mouche se pose sur ton pupitre. Cette visiteuse inopportune te rend nerveuse.

Tu choisis de l'ignorer. Le problème, c'est qu'elle s'intéresse un peu trop à toi, comme tu pourras le constater au **23**.

41

Tout d'abord, tu te rends à la salle de bains pour enfiler ton horrible pantalon orange. Ensuite, tu réfléchis à une façon de te dérober.

A) Tu pourrais sortir, ni vu ni connu, et profiter de la belle journée ensoleillée. Fais l'école buissonnière au **42**.

B) Tu pourrais aller voir la directrice pour lui annoncer que tu as la gastro. Le personnel enseignant ne rigole pas avec ce mot-là. Exerce tes talents de menteuse au **76**.

C) Tu pourrais déclencher l'alarme de feu pour perturber la séance de photos, en espérant qu'elle soit remise à demain. (Penses-y bien, Rébecca, c'est un geste lourd de conséquences. Tu pourrais être suspendue, ou même renvoyée de l'école, pour une infraction comme celle-là.) L'alarme de feu la plus près se trouve au **44**. (Je t'en supplie, Rébecca, n'y va pas. Cette histoire de photos d'école prend des proportions exagérées. Tu accordes beaucoup trop d'importance à ton apparence, cela m'inquiète!)

42

Bonne idée! te dis-tu.

Pas bonne idée! que je te réponds. Mais comme tu ne m'écoutes pas, tu sors des toilettes en regardant des deux côtés du corridor, puis tu longes les murs. C'est un jeu d'enfant que de s'enfuir de l'école, penses-tu, lorsque tout à coup une voix retentit.

– T'as l'air d'une détenue qui essaie de s'évader de prison! te lance le concierge, une vadrouille à la main.

– Non, non, affirmes-tu de ton air le plus innocent.

– Où tu t'en allais comme ça, jeune demoiselle?

– Au bureau de la directrice, dis-tu d'un air toujours plus convaincu.

Il t'observe en soupirant. De toute évidence, il ne te croit pas.

– Je t'accompagne pour être sûr que tu te rendes, des fois que t'aurais oublié où se trouve son bureau.

Arrivée à destination, tu optes pour une autre stratégie, celle qui tient en six lettres : g-a-s-t-r-o.

Va prononcer ce mot terrible au **76**.

43

Tu es vraiment dans tous tes états en entrant dans les toilettes. (Il faut que tu te calmes, Rébecca. Respire par le nez.)

Heureusement, ta robe n'est pas si sale. Elle est surtout mouillée. En frottant avec du papier brun, tu réussis à faire disparaître les taches. Ensuite, tu exposes ta robe quelques minutes sous l'air chaud du sèche-mains.

Ton vêtement est correct. Mais pas la coiffure. Dans ta chute, ta tresse a subi des dommages considérables. Recoiffe-toi vite au **53**.

44

Désolé, Rébecca, mais j'ai effacé le texte qui accompagnait le numéro 44. Tu dois comprendre que je ne peux pas laisser mes héros commettre des bêtises qui les mettraient dans le trouble. Je suis peut-être un simple narrateur, mais je veille sur mes personnages un peu comme un père sur ses enfants.

C'est pour ton bien que je fais ça, Rébecca. (Tu me remercieras plus tard.)

Retourne au **41** maintenant!

45

Tu passes la récréation avec Kim et Ève, qui se sont elles aussi mises sur leur trente-six. Tu leur demandes si tu devrais arborer un sourire franc sur la photo, en montrant bien les dents du haut, ou un sourire plus coquin, en relevant seulement un coin de la bouche. Il y a également l'option Mona Lisa, qui consiste à afficher un sourire infime, à peine perceptible. Kim vote pour un sourire franc et Ève n'en a aucune idée.

Après quoi cette dernière sort un caramel de sa poche.

– Vous en voulez ?

– Je préfère le chocolat. J'en ai justement apporté. Il est un peu mou à force de traîner dans ma poche, mais délicieux, explique Kim en vous tendant deux carrés de chocolat emballés individuellement.

En temps normal, les sucreries ne sont pas acceptées à l'école, mais ça n'empêche pas quelques élèves d'en apporter de temps à autre.

Tu hésites entre le caramel dur d'Ève et le chocolat mou de Kim.

A) Pour le caramel, va au **26**.

B) Pour le chocolat, va au **27**.

C) Pour refuser l'un et l'autre et faire un choix santé en croquant dans ta pomme verte, va au **28**.

46

À ta grande surprise, il ne t'arrive aucun malheur pendant le reste de la première période. C'est n'importe quoi, cette histoire de karma, te dis-tu pour t'encourager.

À la récré, une gomme s'incruste dans la semelle de ton soulier. C'est un peu long et un peu dégueu à enlever, mais cela ne te rend pas moins jolie pour la photo.

À la deuxième période, tu remarques qu'une de tes incisives supérieures commence à branler. Oh! il ne faudrait surtout pas que tu perdes une dent avant la photo. Du moment que tu ne croques pas dans un aliment trop solide, comme une pomme, tu devrais être correcte.

Sur l'heure du midi, le jambon dans ton sandwich arbore une teinte étrange, en plus de dégager une drôle d'odeur. Dans le doute, tu le donnes à manger à la poubelle. Tu auras faim en fin de journée, certes, mais c'est mieux que d'être verte et sur le point de vomir pendant la séance de photos, non?

Ensuite, tu dois encore te changer pour ton cours d'éduc. Vous jouez au ballon-chasseur, une activité que tu détestes profondément, car tu as toujours peur de recevoir le ballon dans la figure. Et aujourd'hui plus que les autres jours. Or, non seulement tu es saine et sauve, mais tu réussis même à éliminer Jérémie, le grand sportif.

Finalement, ton horoscope avait tout faux.

Peut-être pas, Rébecca... Le ciel peut encore te tomber sur la tête !

Va donc voir au **68**.

47

Je constate à regret que je n'ai pas réussi à te faire changer d'idée. Je ne suis pas fier de toi, Rébecca.

Tu bondis donc sur Jérémie, mais celui-ci, tel un toréador, t'évite au dernier moment. Comble de malchance, tu trébuches sur le pied de Xavier et tu te cognes la tête contre le bureau de la prof.

Cette fois, tu es K.-O.

Madame Anne se pointe sur ces entrefaites et s'affole en te voyant allongée sur le plancher. Quand tu reprends enfin connaissance, tu mets

quelques secondes avant de comprendre que tu es à l'école. Craignant
une commotion, ton enseignante fait
venir une ambulance.

Et c'est à l'hôpital, ma chère, que se
termine cette épouvantable journée.

Ce n'est pas une conclusion glorieuse,
hein ?

Il fallait que tu gardes ton sang-froid,
Rébecca. Je suis certain que si tu re-
commençais tout de suite, tu ferais
mieux.

Tu veux essayer ?

48

Madame Anne, qui fait son apparition, examine ton crâne. Verdict: il faut tout de suite appliquer de la glace avant que ça enfle.

Deux minutes plus tard, tu te retrouves à l'infirmerie, une compresse froide sur la tête.

– T'es chanceuse, une grosse bosse va pousser sur ton front! t'annonce ton enseignante.

Une bosse... sur ton front?! Tu n'as pas envie de ressembler à Frankenstein sur la photo!

– Elle pousse à quelle vitesse, cette bosse ? t'informes-tu, inquiète.

– Elle pousse vite. Et après, tu vas voir, elle va changer de couleur. Ça va être encore plus spectaculaire ! précise-t-elle sur le ton de la plaisanterie.

Misère !

Tu lui parles de la séance de photos de cet après-midi.

– Ne t'en fais pas, Rébecca. Tu vas rester mignonne même avec une bosse dans le front ! Mais si ça te tracasse trop, tu n'auras qu'à placer une mèche de cheveux devant ta belle prune, propose-t-elle.

Pas bête !

Comme quoi tout peut s'arranger.

De retour dans la classe, tu t'assois à ta place et tu ne bouges pas. Comme ça, il ne pourra rien t'arriver. À moins qu'un bout de plafond te tombe sur la tête... Par prudence, tu lèves les yeux. Nah! Le plafond a l'air en bon état.

Eh bien, crois-le ou non, Rébecca, c'est le calme plat. Tu ne te fais pas mal. Tu ne taches pas davantage ta robe. Tu ne casses même pas une mine de crayon. Hip hip hip! hourra!

Tu peux donc aller dîner au **35**. (Mon petit doigt me dit qu'il t'y arrivera un malheur terrible. Mais non, je blague! Il ne t'arrivera rien du tout.)

49

Ha! ha! ha!

Mais non, il n'y a pas de parachutiste qui fracasse la fenêtre. C'est juste dans les films qu'on voit ça.

Il ne faut pas m'en vouloir, Rébecca, je n'ai pu m'empêcher de te jouer un tour.

En réalité, tout se passe bien pendant l'heure du midi. Rien à signaler.

Tiens, la cloche sonne. C'est le temps de retourner en classe. C'est au **36**, au cas où tu ne saurais plus où se trouve ton local.

50

Rébecca, crois-tu vraiment que c'est une bonne idée? Personnellement, j'en doute. Et si toi aussi tu as un doute, je te conseille de retourner au **6**.

Si tu es en train de lire cette ligne, c'est que tu as décidé de ne pas faire marche arrière.

En effet, tu saisis ta bouteille d'eau en plastique, tu dévisses le bouchon et tu envoies une bonne giclée sur le chandail de ton ami Jérémie. Bien fait pour lui! te dis-tu.

Œil pour œil, dent pour dent.

Surpris par ton attaque, Jérémie reste là, sans bouger, la bouche ouverte d'incrédulité.

Malheureusement pour toi, le surveillant a tout vu.

– Jérémie n'est pas une plante. Je ne pense pas que c'est nécessaire de l'arroser, dit-il d'un air sévère.

Tu protestes :

– C'est lui qui a commencé ! Il m'a poussée et je suis tombée dans une flaque d'eau.

– Je ne l'ai pas poussée, se défend Jérémie. Je l'ai juste accrochée, sans faire exprès.

– Et tu t'es excusé, j'espère ? demande monsieur Stanley à Jérémie.

– Euh... je ne suis pas sûr...

– Si tu n'es pas sûr, tu peux le faire maintenant. Rébecca est juste devant toi.

– Excuse.

– Plus fort. Je n'ai rien entendu, souligne le surveillant.

– Excuse-moi.

Monsieur Stanley exige que tu t'excuses à ton tour. Tu l'aimes bien, Jérémie. Tu ne veux pas être en chicane avec lui. Tout ce que tu souhaites, c'est d'avoir une robe propre.

– Je m'excuse. Je n'aurais pas dû t'arroser.

– Vos excuses sont de la musique à mes oreilles ! conclut monsieur Stanley, ravi. Allez vous faire sécher, mes amis, et passez une belle journée !

Va vite à la salle de bains nettoyer ta robe, au **43**.

51

Si tu t'approches de Jérémie avec une paire de ciseaux, il risque de crier au meurtre, et avec raison! En tout cas, moi, c'est ce que je ferais si une personne armée de ciseaux me sautait dessus. J'appellerais aussi la police.

Non, Rébecca, ce n'est pas un bon plan. On dit que la vengeance est un plat qui se mange froid. J'ajouterais même: la vengeance est un plat qu'on n'est pas obligé de manger.

Oublie Jérémie et essaie plutôt de régler ton problème. Si ta robe est sale, il faut la laver. Où? À la salle de bains, située au **5**.

52

La balle est mise en jeu. Tous les joueurs courent à en perdre haleine. Sauf toi, dont le seul but est de te tenir loin de l'action. Même quand la balle roule dans ta direction, tu lèves le bâton pour être sûre de ne pas y toucher.

Comme gardienne, tu es exécrable. Tu quittes le filet chaque fois qu'un joueur s'apprête à décocher un tir. Ton équipe, qui ne veut pas perdre, te change vite de position. Le prof d'éduc, lui, te regarde un peu de travers.

Mais toi, tu es fière de ta performance. Tu t'es si peu démenée que ta coiffure n'a pas bougé d'un cheveu.

Ensuite, pendant la récré, tu pratiques tes sourires avec tes amies Ève et Kim. À force d'exagération, les sourires se transforment en grimaces, ce qui a pour effet de vous faire rire à gorge déployée.

Quand la cloche sonne, tu peux enfin aller au **70** pour la séance de photos.

53

Tu dénoues ta tresse pour la recommencer à neuf.

Tu te félicites, car en cinq minutes, tu réussis à en faire une plus belle.

Tu examines une dernière fois ton reflet dans la glace. Parfait!

C'est maintenant le temps d'aller en classe. Tu mets la main sur la poignée de la porte lorsque celle-ci s'ouvre en coup de vent. Paf! tu la reçois en plein visage. Aïe!

– Oh! Rébecca! Excuse-moi! s'exclame Amélie, qui semble avoir une envie pressante.

Te tenant la figure à deux mains, tu pousses un cri de douleur. Puis, à ton grand désarroi, tu aperçois du sang sur tes mains. Oh non!

Tu te précipites devant le miroir. C'est ta lèvre inférieure qui saigne. Assez abondamment pour tacher ta robe blanche immaculée. Toi qui venais de la nettoyer!

Ton horoscope avait vu juste!

Tu panses la blessure avec du papier de toilette pour limiter les dégâts.

Tu devrais être en classe en train de te faire complimenter sur ton apparence, pas dans la salle de bains en train de paniquer!

Bon, essaie de te calmer un peu, Rébecca, et dis-moi comment tu comptes régler ce nouveau problème.

A) C'est simple, tu devras repasser ta robe sous l'eau pour la nettoyer de nouveau, au **55**.

B) C'est simple, tu n'as qu'à appeler ta mère pour qu'elle t'en apporte une nouvelle, au **56**.

C) C'est simple, tu te serviras du sang versé pour teindre uniformément ta robe en rouge, au **57**.

54

Même si je savais que tu n'y croirais pas, je t'ai fait la blague quand même.

Non, ta fraise n'est absolument pas ensorcelée, mais oui, par contre, elle était chimiquement transformée et pas mangeable.

À part ça, l'heure du midi se déroule dans la quiétude. Quel soulagement!

Un cours encore et c'est la séance de photos. Tiens bon!

Rends-toi en classe au **36**.

55

Tu enlèves ta robe pour la laver de nouveau. Les taches de sang pâlissent, mais prennent de l'expansion. Oh non! La situation se dégrade.

Après avoir frotté et frotté, tu comprends qu'il n'y a rien à faire : ta robe ne pourra jamais être prête à temps pour la séance de photos qui, je te le rappelle, débute dans quelques minutes.

On dirait que ton monde s'écroule, Rébecca. Tu pourrais pleurer, mais cela ne t'avancerait à rien.

À ce stade, la seule solution, c'est de téléphoner à ta mère pour qu'elle t'apporte de nouveaux vêtements. Sollicite son aide au **56**.

56

Pour appeler ta mère, tu dois te rendre au secrétariat. Madame Pigeon, la secrétaire, sursaute de peur en te voyant.

– Qu'est-ce qui t'est arrivé, ma pauvre ? Qui t'a fait ça ?

– Une porte. Qui s'est ouverte trop vite. C'était un accident.

La secrétaire semble soulagée.

– Je peux appeler ma mère pour qu'elle m'apporte une autre robe ? C'est la photo de classe aujourd'hui et je ne veux pas être photographiée dans cette tenue.

Elle acquiesce d'un signe de tête, avant de te prêter son téléphone.

– Maman! C'est moi. Tu peux m'apporter ma robe rayée rose et jaune? C'est super urgent.

– Que s'est-il passé avec celle que tu portais? Elle s'est désintégrée?

– Ce serait trop long à t'expliquer. Dépêche-toi, s'il te plaît!

Elle te promet de faire le plus vite possible. Il ne te reste plus qu'à prendre ton mal en patience.

En attendant, tu peux t'en aller tranquillement au **8**.

51

Mais comment as-tu pu avoir une idée aussi macabre? Le sang, il faut que tu l'enlèves, pas que tu en ajoutes. Et puis, du sang, ce n'est pas de la peinture, Rébecca!

Tu es dans un petit roman drôle et sympathique, pas dans une histoire d'horreur!

Tu vas donc me faire le plaisir de retourner au **53** et d'opter pour un choix... moins salissant.

58

Une surprise t'attend à ton arrivée en classe. La séance de photos prévue pour ce matin est reportée en fin d'après-midi.

Au moins, ta robe aura le temps de sécher entièrement, te dis-tu. Néanmoins, tu as un mauvais pressentiment. «Les astres sont contre vous et s'amusent à vous mettre des bâtons dans les roues», disait ton horoscope.

La première période se déroule sans encombre.

C'est à la deuxième que les «astres» commencent à faire des leurs, comme tu pourras le constater au **59**.

59

Quand tu es assise sur ta chaise, il t'arrive parfois de te tenir en équilibre sur deux pattes. C'est une mauvaise habitude, tu le sais. Et madame Anne l'interdit. Mais tu agis souvent ainsi sans t'en rendre compte, comme en ce moment.

Tu penses que tu vas tomber à la renverse, n'est-ce pas?

Pas tout à fait. Ton équilibre est bon. C'est la solidité de la chaise qui l'est moins. Une des pattes se brise, et tu t'effondres au sol en poussant un cri de surprise.

– Ahhh!

Tu es ébranlée mais, Dieu soit loué! tu ne ressens aucune douleur. Plus de peur que de mal, heureusement.

Alors que tu te relèves, tu entends un craaaaac! de mauvais augure. Oh! oh!

Tu examines ta robe, le cœur battant. Eh oui, elle est toute déchirée sur le côté.

Quelle malchance! Ta robe est restée coincée dans la patte cassée.

Ne te décourage pas, Rébecca. Ne te décourage pas, Rébecca. Ne te décourage pas, Rébecca, te répètes-tu sans arrêt.

– Est-ce que tu aimerais aller te changer? te propose madame Anne avec un regard rempli de compassion.

Encore! Et pour mettre quoi? Tes vêtements d'éducation physique?

Madame Anne attend ta réponse. Que décides-tu, Rébecca?

A) À choisir, tu préfères porter une robe sale plutôt que déchirée. Tu acceptes donc son offre, au **66**.

B) Ta robe est déchirée sur le côté. Tu n'as qu'à la raccommoder avec des épingles et à te placer de biais pour la prise de photos. Tu refuses donc son offre, au **67**.

60

Tu vérifies la solidité de tes dents avant de croquer le morceau de carotte. Cette pause de malchance te fait du bien, te dis-tu, en paix pour la première fois aujourd'hui.

Eh bien, c'est à ce moment-là que tout se met à bouger dans le local, comme si l'école avait tout à coup décidé de danser la salsa. Le sol bouge, les murs tremblent, à tel point que tout ce qui y est accroché dégringole.

– Un tremblement de terre! Un tremblement de terre! s'affole madame Solange, qui assure la surveillance à l'heure du midi.

De sa grosse voix, elle vous ordonne de vous réfugier sous les tables.

Eh bien, qu'est-ce que tu attends pour lui obéir ? Mets-toi vite à l'abri, au **39** !

61

Une languette de papier dépasse de ton sous-marin. Dessus, c'est écrit: «Je t'aime, ma grande!» Tu ne peux t'empêcher de sourire. Chaque jour, ton gentil papa cache un message dans ton sac à lunch. C'est devenu un rituel.

Miam! Son sous-marin est vraiment délicieux.

C'est là que l'inimaginable se produit. Un homme en parachute fracasse la grande fenêtre du local, projetant dans la pièce des centaines de fragments de vitre. D'où sort-il, celui-là? Mais qu'est-ce qui se passe, bon sang?

Si tu veux en savoir plus, va au **49** (et fais attention de ne pas te couper avec un morceau de vitre).

62

Juste une fraise. Pour voir si elle est aussi bonne qu'elle en a l'air.

Tu mords dedans et... pouah! elle goûte les pesticides.

Tu prends vite une gorgée de jus pour masquer le goût infect.

Ouf! Ça va mieux...

En fait, non, ça ne va pas mieux. Ça ne va pas du tout même.

Tu sens un drôle de picotement sur ta peau. Ensuite, de gros poils noirs poussent à vue d'œil sur tes bras. Tu n'es pas folle. Ton nez, tes doigts, tes jambes allongent... Est-il possible que la fraise fût ensorcelée ?

Si tu es curieuse de savoir en quelle créature bizarre tu es en train de te métamorphoser, va au **54**.

63

Monsieur Stanley te bloque le passage pour savoir où tu vas.

– Pourquoi tu ne restes pas dehors? Il fait si beau!

Tu lui montres l'état déplorable de ta robe.

– Oh! si j'étais toi, j'irais vite nettoyer ça! recommande-t-il.

C'est précisément ce que tu souhaites.

De retour dans la salle de bains, tu observes l'étendue des ravages en concluant que c'est peine perdue.

C'est d'une machine à laver que tu as besoin pour nettoyer ta robe !

Tu décides donc de remettre la robe blanche, qui n'est plus tout à fait blanche, mais qui est quand même moins sale que dans ton souvenir. En la secouant, tu parviens à la rendre potable.

Est-ce que les choses commence-raient à s'arranger pour toi, Rébecca ? Peut-être bien, car à la deuxième pé-riode, il ne t'arrive presque rien. (En réalité, tu échappes le couvercle de ton pupitre sur tes doigts. C'est très douloureux sur le coup, l'ongle de ton index est mauve, mais ça ne paraîtra pas sur la photo.)

Durant le dîner, en prenant distraite-ment ton jus en boîte, tu t'envoies la paille dans l'œil. La douleur n'est rien à côté du fou rire que ça provoque chez tes amies.

Au cours suivant, en éducation physique, vous faites de la gymnastique. Tu es convaincue que tu vas te rompre le cou en effectuant une pirouette sur le tremplin, mais non. Au contraire, tu réussis pour la première fois de ta vie à exécuter un saut périlleux et à retomber sur tes pieds. (Et je t'en félicite, ma chère !)

Écoute, Rébecca, la journée se déroule si bien que tu en oublies presque ton horoscope. (Je ne veux pas être un prophète de malheur, mais il se pourrait que le vent tourne.)

Va voir au **68** si mon intuition est bonne ou mauvaise.

64

Et tu crois que tes amies vont accepter de lécher ta robe? Ce ne sont pas des ratons laveurs!

Voyons, Rébecca, tu ne songes pas sérieusement à leur demander une chose pareille! Elles aiment le chocolat, mais pas à ce point-là!

Retourne au **27** et, je t'en prie, trouve une solution moins bizarre.

65

Rébecca, as-tu un oncle ou une tante bizarroïde qui possède un grimoire contenant des centaines de formules magiques, dont l'une capable de faire disparaître les traces de chocolat? Avant d'aller à l'école des Quatre-Saisons, fréquentais-tu Poudlard, la célèbre école de sorciers?

Non, mais tu as vu les films de Harry Potter, plusieurs fois, et tu te souviens de la formule du sort qui permet de tout nettoyer en un clin d'œil.

– Récurvite! Récurvite! Récurvite!

Kim et Ève te regardent d'un drôle d'air.

– Harry Potter y arrive ! expliques-tu.

Mais ça ne fonctionne pas du tout dans la série *Les héros de ma classe*, comme tu peux le constater.

Ta tache, si tu veux l'enlever, il va falloir la nettoyer toi-même. Retourne à la salle de bains, au **63**.

66

Au bord des larmes, tu retournes dans la salle de bains pour te changer. Une fois la robe blanche et maintenant sèche enfilée, tu remarques qu'elle est moins sale que dans ton souvenir. En l'époussetant avec les mains, tu réussis à déloger en grande partie la saleté.

Tu sors donc des toilettes avec le sourire (même si tu n'es pas au bout de tes peines).

Avec tous les malheurs déjà accumulés, ton compte est sûrement bon, te dis-tu, plutôt optimiste.

Eh bien, tu n'as pas tort. Du moins pour une partie de la journée.

En classe, ta nouvelle chaise tient le coup.

À l'heure du midi, tu manques de t'étouffer avec ton sandwich, mais ça se règle avec une gorgée de jus.

Au cours d'éducation physique en début d'après-midi, vous jouez au soccer. Tu t'attends à recevoir un coup de pied dans les tibias ou un ballon dans le front, mais tout ce que tu reçois, ce sont des félicitations de la part de tes coéquipiers après ton arrêt spectaculaire.

La journée se déroule si bien que tu en oublies presque ton horoscope.

Dirige-toi vers le **68** pour connaître la suite.

67

Le problème, c'est que tu n'en as pas, des épingles. Mais madame Anne pourra sûrement t'en fournir.

Après le cours, tu vas lui en demander, en précisant que c'est pour arranger ta robe déchirée. Elle a mieux à te proposer. Comme le personnel possède une trousse de couture d'urgence, elle t'offre de la recoudre à la main. Si bien qu'à la fin de la matinée, ta robe est réparée. La déchirure ne paraît presque plus!

– Un gros, gros, gros merci!

– Y a pas de quoi ! répond-elle avec un sourire de connivence. Pour chaque problème, il existe toujours une solution, Rébecca. Ne l'oublie pas.

On dirait que les bons mots de l'enseignante ont pour effet miraculeux de renverser l'étrange malédiction qui pèse sur toi depuis le début de la journée.

La preuve, il ne t'arrive rien de malencontreux pendant l'heure du dîner. En fait, tu manques de t'étouffer en avalant un raisin, mais monsieur Stanley, qui passe par là, te flanque une bonne tape dans le dos qui règle aussitôt le problème.

Au cours d'éducation physique, après le dîner, vous jouez au hockey. Ce n'est pas ton sport favori, loin de là. Tu imagines être décoiffée par un plaquage ou, pire, défigurée par une palette de hockey.

Tout bien réfléchi, il est hors de question que tu joues à un sport aussi violent. Parles-en au prof, au **33**. (Et bonne chance!)

68

C'est enfin le moment de te faire tirer le portrait.

La séance de photos a lieu à l'auditorium. Les élèves montent au deuxième étage, excités comme s'ils avaient avalé trois tasses de chocolat chaud.

Comme tu entres dans le local la dernière, madame Anne te demande un service :

– Irais-tu chercher ma brosse à cheveux dans le deuxième tiroir de gauche de mon bureau, s'il te plaît ?

Oh! ton enseignante aussi se préoccupe de son apparence, dirait-on.

– Oui, commandante! réponds-tu en faisant demi-tour.

Bien sûr, tu te diriges trop vite vers l'escalier. Bien entendu, ton lacet est détaché. Évidemment, tu piles dessus au moment de descendre la première marche.

La suite, tu la devines...

Bing! bang! bong! beding! bedang!

Tu déboules l'escalier! Te voilà rendue au bas des marches, complètement étourdie.

Aïe! Tu as mal partout: au coccyx, au dos, aux fesses. Au moindre mouvement, la douleur s'avive.

Crois-tu que tu réussiras à te relever ?
Combien d'os cassés, penses-tu ?

C'est ce que tu sauras au **75**.

69

Tant qu'à être aux toilettes, tu en profites pour vider ta vessie.

Hélas pour toi, ma belle Rébecca, un deuxième malheur se produit lorsque tu sors de la cabine.

La poche de ta robe se prend dans le loquet de la porte. Craaaac! Le tissu se déchire de ta hanche jusqu'à ton aisselle. Et cela moins d'une minute après avoir réussi à nettoyer ta robe!

Cette fois, tu n'as pas le choix. Tu files au secrétariat pour appeler ta mère et lui demander de t'apporter le plus rapidement possible ta robe violette.

Ta maman, toujours de bonne humeur, rigole en t'écoutant raconter ta double mésaventure. Elle promet de faire vite.

Tu peux l'attendre au **7**.

70

Bravo, Rébecca! Tu as réussi à te rendre à la dernière période sans être trop amochée. (Euh… mettons.) En fait, ta robe est sale, la manche de ton chandail est maculée de sang, il te manque une dent et tu as une belle prune dans le front. Mais à part de ça, tout va bien.

La séance a lieu dans la salle de spectacle au deuxième étage. Tu fais attention de ne pas t'enfarger dans les marches. Ce n'est pas le moment de débouler l'escalier.

Madame Anne vous explique le programme : les photos individuelles d'abord, la photo de groupe ensuite.

À tour de rôle, les élèves se placent devant l'objectif de la photographe, une femme radieuse qui sourit en permanence. Jérémie est incapable de sourire. Contrairement à Mathieu, si amusé qu'il se retient de pouffer. Tara affiche un air quelque peu sinistre. Kim a tellement la bougeotte que la photographe rate toutes ses prises. Vincent déploie un sourire 100 % artificiel. Amélie est si gênée qu'elle n'ose pas regarder l'objectif.

Arrive ton tour.

Tu lui fais signe d'attendre un instant, le temps de dissimuler ton ecchymose derrière une mèche de cheveux, de t'assurer que tes manches (dont une est tachée de sang) sont bien retroussées et de remettre ton incisive dans ta bouche.

La photographe t'observe, un peu éberluée, mais elle ne passe pas de commentaire.

C'est le moment où la grande catastrophe attendue devrait se produire : l'alarme de feu se déclenche, ce qui active les gicleurs au plafond, la tarentule de Tara atterrit sur ta tête, ton nez tombe par terre, des choses de ce genre.

Mais non, il ne se passe rien du tout. Tu souris et clic !

– Tu es parfaite ! dit la photographe en dressant le pouce.

Ouf! Après toutes ces mésaventures, c'est un vrai soulagement.

Mais ce n'est pas terminé, Rébecca. Je ne veux pas te faire peur, mais il reste encore la photo de groupe, la plus importante. C'est celle-là qui passera à la postérité. Celle dont tes camarades de classe se souviendront.

Tu as rendez-vous au **71**, ma chère. (Tu ne te fouleras pas les pouces, c'est le numéro suivant!)

71

Madame Anne place les élèves en ordre de grandeur. Toi, tu te retrouves dans la rangée du milieu, donc debout. L'excitation est palpable. Ça déconne, ça rigole, ça se bouscule.

– Je sais qu'on est vendredi et que c'est la dernière période de la journée, mais je vous demande un petit effort, clame l'enseignante. Et je vous préviens, ceux et celles qui dérangent seront retirés de la photo.

Devant l'ampleur d'une telle menace, la troupe se calme.

– Vous êtes prêts et prêtes à me montrer votre sourire le plus craquant ? lance la photographe, en donnant elle-même l'exemple.

Tu replaces ta dent, te pomponnes un peu. Pendant ce temps, quelqu'un te joue dans les cheveux, toi qui as mis un temps fou à les coiffer.

C'est Xavier qui s'amuse à t'embêter de la sorte. Qui d'autre ?

Lui dis-tu d'arrêter IMMÉDIATEMENT ?

A) Oui, bien sûr ! Exprime-toi sans gêne, au **72**.

B) Pas la peine ! Ça risquerait de gâcher ton humeur et, par conséquent, d'altérer ton sourire. Ne bouge pas, au **73**.

72

– T'as fini de me tripoter les cheveux, Xavier Bellemare ? Tu me cherches des poux ou quoi ? Tes mains, si tu ne sais pas quoi faire avec, mets-les dans tes poches !

Voilà qui est bien dit.

Quelques élèves rigolent tout bas.

– Ce n'est pas le temps de vous chicaner, hein ! intervient madame Anne. C'est le temps de montrer que vous êtes tous parfaitement heureux !

La photographe brandit sa main, puis replie un à un ses doigts pendant le décompte.

– Cinq… quatre… trois… deux… un… fesse de babouin!

Quelques-uns éclatent de rire. Toi, tu es satisfaite, car tu souris exactement comme tu le faisais hier soir devant ton miroir.

Apparemment, la photo est bonne. Hourra!

Rébecca, tu as réussi à passer à travers cette journée finalement pas si désastreuse que ça. Mes félicitations!

Mais j'ai une mauvaise nouvelle pour toi, Rébecca.

Plusieurs jours plus tard, quand tu recevras les photos à la maison, ton cœur cessera de battre. La photo ne sera pas si bonne. Elle sera même terrible. Tu sais pourquoi ? Parce que Xavier te fait deux magnifiques oreilles de lapin avec ses doigts, pendant qu'il arbore un sourire rayonnant, fier de sa blague.

Sacré Xavier ! Pour te venger, tu lui dessineras une grosse moustache, une cicatrice sur la joue et des cornes sur la tête. Ça lui apprendra !

J'ai le regret de t'annoncer que tu n'as pas vraiment réussi. Eh non, une photo de toi avec des oreilles de lapin, ce n'est pas ce que tu désirais, loin de là.

Je comprends que tu sois fâchée. Je le serais aussi.

Mais plus tard, quand quelqu'un remarquera les oreilles de lapin, tu pourras lui dire que ce n'est pas ce qui t'est arrivé de pire ce jour-là, puis tu lui feras le récit de tes multiples mésaventures. Cette mauvaise journée deviendra une histoire amusante à raconter. Il faut voir le bon côté des choses, non ?

Ce serait quand même mieux si tu réussissais à bien paraître sur la photo. Pour ça, tu n'as pas le choix de recommencer au début, ma chère.

Bonne chance et, quoi qu'il arrive, garde le moral !

73

Comme tu l'espérais, Xavier cesse de lui-même de t'agacer. Yéé !

La photographe procède au décompte. Elle lève la main en abaissant ses doigts un à un.

– Cinq... quatre...

Une mouche te passe sous le nez. Est-ce possible que ce soit la même que ce matin ?

Comment réagis-tu ?

A) Tu lui fiches la paix en souhaitant qu'elle fasse de même, au **74**.

B) Tu agites la main pour la faire fuir, au **77**.

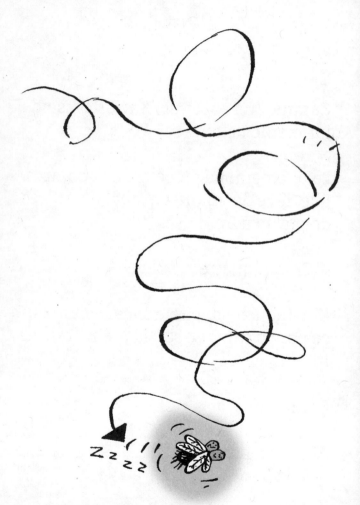

74

La photographe poursuit son amusant décompte.

– Trois...

La mouche s'approche de ton visage...

– Deux...

Et se pose sur ton nez !

– Un... fesse d'autruche ! clame la photographe en prenant la photo.

Cette satanée mouche au milieu de ton visage te vole complètement la vedette !

À ton grand soulagement, la photographe prend d'autres photos pour être sûre d'en avoir une parfaite.

Lorsque tu la reçois, quelques jours plus tard, tu manques de perdre connaissance. La photographe devait être bien distraite pendant sa sélection, car elle a choisi la photo où tes yeux sont croches parce que tu as une mouche sur le bout du nez.

Tu pouvais difficilement faire pire.

Tu es déçue, et avec raison, mais dans quelques années, je te promets que cette photo te fera rire aux larmes.

Cela dit, tu n'as pas atteint ton objectif, ma belle. Mais tu y étais presque. Comme tu étais à un choix de triompher, au lieu de te laisser reprendre tout au début, je te permets de retourner au numéro précédent, au **73**.

(Tu as de la chance, car des narrateurs aussi gentils, de nos jours, il ne s'en fait plus !)

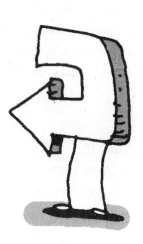

75

Quand madame Anne te trouve étendue au bas de l'escalier, elle appelle aussitôt l'ambulance.

Alors, oui, Rébecca, tu réussis à te relever, mais avec l'aide des ambulanciers. Qui te conduisent à l'hôpital.

La suite logique de tes mésaventures, non ?

Mais tu sais quoi, Rébecca ? Dans ton immense malchance, tu es quand même chanceuse, car tu t'en tires plutôt bien. Finalement, tu as de nombreuses contusions et foulures, mais aucune fracture. (Ton corps est solidement constitué. Tu as songé à devenir cascadeuse pour le cinéma?)

Réjouis-toi, ma chère! Tu n'as rien de cassé.

Quand tu sors de l'hôpital, il est 21 heures. La séance de photos est terminée depuis longtemps.

Eh oui, c'est triste, tu l'as manquée. (Sache que je compatis à ta peine.)

Un conseil pour l'an prochain: évite de lire ton horoscope!

Au moment où tes camarades se faisaient photographier, on te transportait en ambulance. Il y a des jours comme ça! Disons que tu n'auras pas besoin de la photo de groupe pour te rappeler cette journée riche en émotions.

Ce que tu ne sais pas encore, c'est que tes parents, si dévoués et si compréhensifs, fixeront un rendez-vous avec la photographe pour prendre des photos que tu pourras distribuer à ton entourage. Et toi, qui n'es jamais à court d'idées, tu découperas un de tes portraits pour le coller sur la photo de groupe. Soyons honnêtes, cela ne donnera pas l'impression que tu étais sur place, mais tu seras aussi belle et radieuse que tu le souhaitais, et ton sourire sera parfait.

Cela dit, il aurait quand même été préférable de participer à la séance de photos. Ma chère amie, tu n'auras pas le choix de recommencer, je le crains.

Allez, retourne au **1** et amuse-toi à modifier la tournure des événements !

16

Bien qu'elle soit affairée, la directrice t'accueille dans son bureau avec un sourire courtois.

– Tu es colorée, aujourd'hui, Rébecca. Qu'est-ce que je peux faire pour toi ?

Normalement, quand tu mens (j'espère que ça n'arrive pas trop souvent !), tes mains papillonnent en tous sens, alors tu les ranges dans les poches de ton pantalon orange pour éviter qu'elles te trahissent.

– Je ne me sens pas bien. J'ai peur de vomir mon déjeuner. Ma grande sœur a eu la... (tu fais une pause) gastro...

(tu observes la réaction de ton inter-locutrice : elle déglutit, visiblement effrayée) et je crois que je l'ai attrapée.

Ça marche !

La directrice appelle ton père pour l'informer de la situation. (Heureusement, elle ne parle pas de ta grande sœur.) Ton père, qui travaille, appelle ta tante pour qu'elle vienne te chercher et qu'elle te garde à la maison.

Tu ne voulais pas aller à l'école aujourd'hui. Eh bien, tu as réussi ! C'est aussi simple que ça.

Une fois à la maison, par contre, tu es remplie de regrets. Tu as raté ce qui t'importait le plus : la photo de groupe.

Hum! il fallait y penser à deux fois avant de prononcer le mot qui sème la panique chez tous les profs du monde entier.

Meilleure chance l'année prochaine!

Pour te parler franchement, Rébecca, je ne sais pas trop ce qui t'est passé par la tête. Tu ne connais pas le dicton *Les absents ont toujours tort*? Tout ça à cause d'un pantalon orange. Ce n'est pas bien raisonnable de ta part.

Tu termines donc ton aventure ici, ma chère. À dire vrai, tu ne pouvais pas faire pire. Je te conseille de recommencer au début, au **1**. Relis ton horoscope,

sans trembler, et attaque du bon pied
cette journée difficile.

Allez, courage !

77

Tu ne te gênes pas pour la chasser, cette mouche fatigante qui te déconcentre à un moment crucial.

– Trois...

En bougeant le bras, tu accroches par inadvertance le visage de la gentille Amélie avec le coude.

– Aïe! crie-t-elle.

La photographe, exaspérée, suspend son décompte, la mine interrogative.

– Y a une mouche super énervante qui me tourne autour! expliques-tu, avant de t'excuser auprès de ta voisine.

– C'est parce qu'elle te trouve de son goût, rétorque la photographe en levant de nouveau la main. Cinq... quatre...

Tu sens venir un éternuement...

– Trois... deux...

Ton visage commence à se déformer.

– Un...

Tu lèves le bras pour attirer l'attention de la photographe, qui arrête de nouveau de compter.

– Ah... aaah... aaaaaatchoooum!

Dans l'éternuement, ton incisive est propulsée avec force hors de ta bouche, effectuant un impressionnant vol plané avant d'atterrir à ses pieds.

Elle ramasse le drôle d'objet, intriguée.

– C'est quoi, ça ? Une dent ? s'étonne-t-elle.

Tu acquiesces.

– Eh bien, c'est la première fois que je vois quelqu'un perdre une dent en éternuant, confie-t-elle, éberluée, avant de reprendre le décompte.

– Cinq... quatre... trois...

Pour le sourire, tu n'as plus le choix : ce sera la bouche fermée.

– Deux... un... fesse de sanglier !

Et clic!

La photo, comme tu le découvriras deux semaines plus tard, est absolument parfaite. Considérant tout ce qui t'est arrivé aujourd'hui, c'est un vrai miracle.

Tu es pleinement satisfaite. Mais tu as quand même hâte d'aller au lit pour clore cette désastreuse journée!

Toutes mes félicitations, Rébecca!

Tu n'avais jamais rencontré autant d'embûches dans une même journée. Aucune séance de photos ne t'a jamais donné autant de fil à retordre. J'espère que tu es fière de toi!

Cela dit, je trouve que tu te mets beaucoup de pression pour une simple photo. Je te souhaite d'être plus détendue et plus insouciante l'an prochain.

Ma chère Rébecca, tu es passée à deux doigts de finir ton aventure à l'hôpital. Eh oui ! Si tu es curieuse de découvrir comment, je t'invite à retourner en arrière, au **1**, et à relire ton horoscope… si tu en as le courage !

Poursuivez votre expérience
sur notre site Web.

Vous pouvez aussi visiter notre page Facebook
https://www.facebook.com/EditionsFoulire/

Les HÉROS de ma CLASSE

HISTOIRE DONT TU ES LE HÉROS

Auteur : Jocelyn Boisvert
Illustrateur : Philippe Germain

1. La folle envie de Jérémie
2. La terrifiante araignée de Tara
3. Le fou rire monstrueux de Mathieu
4. La plus grande peur de Camille
5. Le gros dilemme de Pierrot
6. L'admirateur secret de Mira
7. La course contre la montre
   de Quentin
8. Le mauvais karma de Rébecca

Jocelyn Boisvert a aussi écrit aux éditions FouLire :

- Mon ami Sam est gentil mais… tellement casse-pieds !
- Ma voisine est gentille mais… pas avec moi !
- Esprits de famille

MARQUIS

Québec, Canada

Achevé d'imprimer le 26 juin 2018

RECYCLÉ
Papier fait à partir
de matériaux recyclés
FSC® C103567

Imprimé sur du Rolland Enviro, contenant 100% de fibres postconsommation et fabriqué à partir d'énergie biogaz. Il est certifié FSC®, Procédé sans chlore, Garant des forêts intactes et ECOLOGO 2771.

PERMANENT   100%   BIO GAZ ÉNERGIE   Garant des forêts intactes^MC